L'ÉDUCATION

DES

GÉNÉRATIONS NOUVELLES

AU POINT DE VUE

DU RELÈVEMENT DE LA FRANCE,

PAR

Auguste CHASTANET,

Percepteur à Labachellerie.

PÉRIGUEUX

IMPRIMERIE DUPONT ET Cie, RUES TAILLEFER ET AUBERGERIE.

—

1874.

L'ÉDUCATION

DES

GÉNÉRATIONS NOUVELLES

AU POINT DE VUE

DU RELÈVEMENT DE LA FRANCE,

PAR

**Auguste CHASTANET,**

Percepteur à Labachellerie.

———◦◦◦———

PÉRIGUEUX

IMPRIMERIE DUPONT ET Cⁱᵉ, RUES TAILLEFER ET AUBERGERIE.

—

1874.

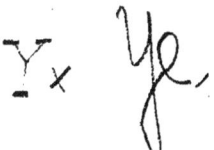

L'ÉDUCATION

DES

GÉNÉRATIONS NOUVELLES

AU POINT DE VUE

DU RELÈVEMENT DE LA FRANCE. (*)

... Potiores
Herculis ærumnas credat sævosque labores
Et Venere et cœnis et plumis Sardanapali.

(JUVÉNAL, *Sat.* X.)

Avant que les tyrans, dieux de la populace,
Sur la ville aux sept monts, que surprit leur audace,
Eussent de leurs palais assis les fondements,
Rome, libre et rebelle aux avilissements,
Refuge des héros et des âmes bien nées,
Poursuivait sagement ses hautes destinées.
Hontes et trahisons jamais ne la souillaient ;
Le vainqueur était pauvre et les consuls veillaient.

(*) L'Académie des Sciences, Belles-Lettres et Arts du Tarn-et-Garonne
a décerné à ce poème la première médaille d'or de son concours de 1874.

Chacun, par la victoire ou par le sacrifice,
Apportait une pierre au sublime édifice,
Et la louve, allaitant les deux rois fondateurs,
Jetait un œil content sur les triomphateurs.
C'étaient Cincinnatus, Scipion, Paul-Emile,
Curius, Cicéron, Décius et Camille.
Annibal ou Brennus, le Cimbre ou le Teuton
Marchaient ; du flot pontique au rivage breton
L'invasion grondait. Alors les sept collines
Se hérissaient soudain de noires javelines,
Et la victoire ailée, ivre de sang humain,
Couronnait le sénat et le peuple romain.
Le marbre conservait le vainqueur dans un temple ;
Et, mort, il survivait dans les cœurs, noble exemple.
L'enfant fixait sur lui ses yeux pleins de fierté,
Et grandissait pour Rome et pour la liberté.

Hélas ! il vient un jour où quelques vieux stoïques,
Que le sort fait survivre aux âges héroïques,
Tournent avec amour leurs yeux vers le passé,
Comme ceux dont l'esprit cherche un rêve effacé.
Leur amer désespoir retrace en traits de flamme
Ces temps où vers le ciel l'homme éleva son âme.
— Philosophe insolent, tais-toi. Le temps n'est plus
De jeter aux échos tes regrets superflus,
Et de verser des pleurs sur la grande orpheline.
N'as-tu donc pas Néron et Claude et Messaline ?
La luxure, la honte et le meurtre et l'orgueil
Ne peuvent-ils suffire à distraire ton deuil ?
Rome chante et le cirque est plein. Ce char qui roule,
C'est celui du divin César, et cette foule,
Si tu n'acclamais pas l'empereur sur son char,
Vengerait dans ton sang l'insulte de César.
Eh ! ne peux-tu donc pas chanter la servitude ? —

Brennus ! ô fier Gaulois dont la main nue et rude,
Sous les yeux des Romains et dans Rome, ô leçon !
Surchargea de ton fer le poids de leur rançon,
O rois échelonnés dans notre longue histoire,
O soldats de la France, ouvriers de sa gloire,
Charlemagne, Philippe-Auguste, Henri, Louis,
Dont le sceptre flamboie à nos yeux éblouis,
Oh ! dites-moi, vous tous que le laurier couronne,
Que l'immortalité radieuse environne,
Ce grand pays, théâtre où se mettaient en jeu
Les grands événements accumulés par Dieu,
Cette France que Dieu mesure à sa coudée,
Serait-elle à ce point tombée et dégradée
Que, râlant sous le poids des genoux du vainqueur,
Froide et n'ayant plus d'âme et n'ayant plus de cœur,
Incapable d'efforts pour se raidir quand même
Devant la main qui frappe et la voix qui blasphème,
Elle doive, cadavre en putréfaction,
Rouler dans le sépulcre et dans l'abjection ?
Ces rayons qui jadis illuminaient le monde
Seraient déjà ta proie, obscurité profonde
Qui du soleil de Rome éteignis le déclin !
Ce grand peuple serait à jamais orphelin,
Et la main qui toujours guida ses destinées
Mesurerait déjà ses dernières années !

Non, non ! Je ne sais pas ce que Dieu concevra,
Mais la voix de mon cœur dit : La France vivra.
Elle est vivante encor, la nation meurtrie.

Ne crois pas cependant, ô France, ô ma patrie,
Qu'on puisse sans efforts et sans zèle assidu
S'évader de l'abîme où l'on est descendu.
Quand un peuple un moment ferme dans la nuit sombre

✳

Ses yeux accoutumés au soleil, contre l'ombre
Il doit lutter, debout dans les gouffres béants ;
Mais ce suprême effort n'est permis qu'aux géants,
Et tu vas le tenter.

D'une main ferme et sûre
Applique le fer rouge, ô France, à ta blessure.
Comme une barque aux mains de vigoureux rameurs,
Abandonne à jamais ce rivage où tu meurs.
Ce port où se complut un instant ton génie,
C'est le port de la honte et de l'ignominie.
Le luxe et la luxure et cet ardent désir
Qui nous pousse vers l'or que chacun veut saisir,
Ce mécontentement qui dans l'âme nous reste
D'une condition régulière et modeste,
Cette voie où chacun presse ses pas glissants,
Haine chez les petits, orgueil chez les puissants,
Voilà, voilà le mal et le cancer infâme
Qui ronge lentement et sûrement notre âme.

Jette un peu tes regards sur le passé. Combien
De noms peut évoquer le sombre historien
De peuples éclipsés, de gloires disparues
Et d'herbes tout à coup envahissant les rues !
Cherche à présent où fut Babylone, où fut Tyr...
Et Memphis, et dis-moi si tu peux garantir
Quel est l'emplacement où se dressait Carthage
Qui garda dans ses murs Régulus comme ôtage.

Le mal, l'horrible mal que je te signalais,
A fait rentrer sous terre à jamais les palais
Qui déjà chancelaient au siècle d'Alexandre
Et dont les voyageurs cherchent en vain la cendre,
Car il n'est même pas d'épitaphe pour ceux

Dont la mort a tranché les destins paresseux
Et les rêves dorés de leur superbe empire,
Alors qu'ils s'endormaient sous la dent du vampire.

A vous qui grandissez, enfants, à vous, chrétiens,
De notre vieille gloire héritiers et gardiens,
A vous qui de Bayard épèlerez l'histoire
Et qui de Hoche un jour garderez la mémoire,
A vous dont le front pur sous la honte est courbé,
A vous de relever votre pays tombé !
La hache vengeresse en main, abattez l'arbre
Aux fruits trompeurs. Brisez, foulez aux pieds le marbre
Des voluptés à qui vos pères ont souri,
Et de leur piédestal faites un pilori.
Fiers justiciers, le dos saignant sous le cilice,
Disciplinez vos rangs, inflexible milice,
Et du soleil de Dieu réchauffant vos haillons,
Formez pour l'avenir vos épais bataillons.
Elles riront de vous ces hordes insolentes
Dont les pieds ont foulé nos campagnes sanglantes ;
Elles auront pour vous des regards de mépris.
De ce nouvel affront ne soyez point surpris.
Poursuivez, l'œil tranquille et l'âme encouragée,
La grande mission dont la France est chargée.
Faites de votre esprit le lumineux palais
Peuplé des visions d'Assas et de Coclès,
De Jeanne et de Brutus, d'Horace et de Cambronne,
Et de tous ces grands fronts que la gloire couronne.
Ayez toujours les yeux, quoi qu'il puisse advenir,
Tantôt sur le passé, tantôt sur l'avenir.
De la rédemption sentinelles farouches,
Au serment d'Annibal accoutumez vos bouches,
Et ne goûtez jamais ni plaisirs, ni repos
Que vous n'ayez rendu leur lustre à nos drapeaux !

Que la simplicité rentre dans vos portiques !
Dieu garde ses faveurs aux vertus domestiques.
Sur un métier pompeux cette main se jouait,
Jeune fille ; elle va reprendre le rouet.
Qui jadis, ô des mœurs lugubre différence,
Fut le délassement de nos reines de France.
Toi, jeune oisif, l'ennui t'assiège et t'envahit ;
Jette au loin ces parfums dont l'odeur te trahit,
Et si ta main répugne au plomb, au fér, au cuivre,
Elle peut bien courir dans les feuillets d'un livre.
Deviens savant, artiste, agriculteur, au lieu
De livrer aux plaisirs, au bruit, au luxe, au jeu
Une âme vigoureuse et saine et bien trempée.
Cultiver son esprit, c'est porter une épée.
Et si la volupté tentait dorénavant
De répandre ses fleurs au parfum énervant,
Sur ton front qu'assombrit une seule pensée,
Que ton œil courroucé l'ait bien vite chassée !
Car il sied d'être grave et triste à l'orphelin
Dont le cœur est en deuil sous ses habits de lin,
Qui, toujours poursuivi par l'infortune amère,
Se rappelle en pleurant le rire de sa mère
Et qui, le sein gonflé par un soupir ardent,
Voit Jésus au calvaire et la France à Sédan.

Protecteur de Clovis qui prit la croix pour guide,
Roi des cieux, couvrez-nous encor de votre égide.
Ecoutez, ô mon Dieu, le cri des innocents
Et dirigez sur eux vos yeux compatissants.
Sous le poids des malheurs faites gémir nos crimes ;
Mais retirez vos fils de l'ombre des abîmes.
Purifiez nos fronts au feu de votre amour
Et de l'astre éclipsé préparez le retour.
Vous dont le bras puissant crée ou détruit un monde,

Répandez dans les cœurs votre haleine féconde,
Afin qu'on puisse dire encor, pour notre honneur,
Que la France est toujours votre soldat, Seigneur !

Et vous, saints et pieux apôtres de la France,
Qui demeurâtes grands dans ces jours de souffrance
Où la foudre en un jour consuma nos lauriers,
Poètes, magistrats, pontifes et guerriers,
Vous qui, sans dévier de votre illustre rôle,
Consacrâtes toujours la plume et la parole,
La justice et l'épée au service du droit,
Suivant d'un œil hagard son astre qui décroît ;
Précepteurs, la patrie haletante vous livre
Ces jeunes fronts pâlis et penchés sur son livre.
Vous dont l'esprit chagrin marche vêtu de deuil,
Appelez ces enfants, ouvrez-leur votre seuil.

Toi, poète, vengeur des causes immolées,
Fais bourdonner l'essaim de tes strophes ailées
Autour du jeune enfant qui t'écoute chanter
Sa patrie, et dont l'œil s'enflamme à t'écouter.
Toi, juge, effroi constant de la honte et du vice,
Fais grandir dans son sein l'amour de la justice
Et l'invincible horreur du crime et des méchants.
Toi, prêtre, inculque-lui tes préceptes touchants,
Et, comme le potier sur un vase d'argile,
Imprime dans son cœur la loi de l'Evangile.

Savants, historiens, philosophes, vous tous
Qu'aux champs de la pensée on voit, graves et doux,
Dans l'âme des enfants jeter votre semence,
Reprenez, ô semeurs, votre labeur immense,
Et de la même main qui dispense ses dons ,
Etouffez sans pitié l'ivraie et les chardons.

Vous, édiles, prenez le progrès pour boussole ;
Ouvrez à deux battants les portes de l'école ;
Faites la guerre à l'ombre, à l'ignorance, au mal,
Et que l'instruction de son flot baptismal
Où Dieu fait sommeiller secrètement sa flamme,
Lave les noirs côtés de l'esprit et de l'âme !
Qui sait si le vengeur de tes affronts n'est pas,
O France ! un de tes fils que, pareille au trépas,
L'indigence, ombre épaisse et perfide, environne ?
Monté sur le coursier que la gloire éperonne,
Qui sait s'il n'irait pas, pareil aux demi-dieux,
Suspendre au haut du ciel ton blason radieux,
Pourvu que, déchirant son manteau de ténèbres,
Le sort traçât son nom dans tes pages célèbres ?

Toi, guerrier, montre-lui, la rage dans les yeux,
Ton épée en tronçons. Son regard anxieux
Suivra dans tes regards les grandes épopées
Qui dans nos vieux drapeaux dorment enveloppées.

Qu'au foyer, qu'à l'église, au théâtre, sur mer,
Sur terre, l'enfant sente avec un rire amer
Que sa patrie en deuil n'est pas encor vengée
Et qu'il dort sur le sein de sa mère outragée !

Sous votre ciel troublé dont s'est voilé l'azur,
Où pourtant des lauriers gonfle le germe obscur,
Marchez vers l'avenir, enfants ! soit qu'en l'enceinte
Des cités vous puisiez l'indignation sainte
Et l'exécration des bourreaux acharnés,
Soit que, dans la chaumière où les vôtres sont nés,
Loin des corrupteurs, loin des délices infâmes,
Au soleil des sillons vous retrempiez vos âmes,
Marchez ! De l'avenir précurseurs vigilants,

Votre patrie est là qui vous montre ses flancs
Déchirés. Elle attend, sanglante et terrassée,
Vos cœurs, vos bras. N'ayez qu'elle en votre pensée ;
Et le regard de Dieu descendra jusqu'à nous.

Jésus, portant sa croix, tomba sur ses genoux
En provoquant des Juifs les horribles huées.
Il mourut dans l'outrage, et les seules nuées
Qui voilèrent le ciel de leur crêpe de deuil
Versèrent ce jour-là des pleurs sur son cercueil.
Quelques femmes pleuraient aussi, sujet de joie
Pour les bourreaux dont l'ombre allait garder la proie.
Mais un jour le tombeau s'entr'ouvrit brusquement
Et Jésus remonta dans le haut firmament ;
Et la croix aujourd'hui se dresse sur le monde
Comme un mât de salut sur une mer profonde.

Auguste CHASTANET.

La Bachellerie, mars 1874.

Périgueux, DUPONT et C. Jt 74.

www.ingramcontent.com/pod-product-compliance
Lightning Source LLC
Chambersburg PA
CBHW061446170626
46811CB00005B/2383